Vente des 4, 5 et 6 Avril 1881

HOTEL DROUOT, SALLE N° 1

A DEUX HEURES

BEAUX BIJOUX

DIAMANTS, PIERRES DE COULEUR

COLLIER DE PERLES

AQUARELLES ET TABLEAUX

Éventails, Miniatures, Curiosités, Faïences
Porcelaines

MEUBLES ANCIENS ET MODERNES, ETC.

Appartenant à Mme T***

—

EXPOSITION PUBLIQUE

Le Dimanche 3 Avril 1881, de 1 heure 1/2 à 5 heures 1/2.

COMMISSAIRE-PRISEUR :

M^c ESCRIBE, Rue de Hanovre, 6

EXPERTS :

M. HARO ✳	**M. A. BLOCHE**
Rue Visconti, 14, et rue Bonaparte, 20	Rue Laffitte, 44

PARIS — 1881

Vᵉ RENOU, MAULDE, et COCK
IMPRIMEURS DE LA COMPAGNIE DES COMMISSAIRES-PRISEURS
Rue de Rivoli, 144.

CATALOGUE

DE

BEAUX BIJOUX

COLLIER DE PERLES

AQUARELLES ET TABLEAUX

Jolis Éventails

Miniatures, Curiosités, Faïences et Porcelaines anciennes

Cuivres, Fers forgés, Terres cuites

Marbre, Bronzes d'ameublement, Rideaux, Tapis

Meubles anciens et modernes

Pianos, etc.

APPARTENANT A Mme T***

DONT LA VENTE AURA LIEU

HOTEL DROUOT, SALLE N° 1

Les Lundi 4, Mardi 5 et Mercredi 6 Avril 1881

A DEUX HEURES

COMMISSAIRE-PRISEUR :

Me ESCRIBE, Rue de Hanovre, 6

EXPERTS :

M. HARO ❋	M. A. BLOCHE
Rue Visconti, 14, et rue Bonaparte, 20	Rue Laffite, 44

CHEZ LESQUELS SE DISTRIBUE LE CATALOGUE.

EXPOSITION PUBLIQUE

Le Dimanche 3 Avril 1881, de une heure à cinq heures.

PARIS — 1881

CONDITIONS DE LA VENTE

———

Elle sera faite au comptant.

Les Acquéreurs paieront CINQ POUR CENT en sus des adjudications, applicables aux frais.

Il ne sera admis aucune réclamation une fois l'adjudication prononcée.

AQUARELLES

—

ALONDY

1 — La Sieste.

Aquarelle. — H. 30 c. L. 24 c.

BELLI

2 — Costume du moyen-âge.

Aquarelle. — H. 30 c. L. 23 c.

DETAILLE

3 — Gendarme à cheval.

Aquarelle. — H. 37 c. L. 45 c.

4 — Garde de Paris à cheval.

Aquarelle. — H. 30 c. L. 23 c.

DURAND-BRAGER

5 — Vue du Caire (Marine).

> Dessin à la plume. — H. 53 c. L. 33 c.

6 — Marine.

> Aquarelle. — H. 24 c. L. 45 c.

7 — Paysage (Marine).

> Dessin à la plume. — H. 47 c. L. 34 c.

8 — Paysage (Marine).

> Dessin à la plume. — H 37 c. L. 25 c.

FRANCIA (ALEXANDRE)

9 — Vue de Hollande.

> Aquarelle. — H. 56 c. L. 94 c.

10 — Marine.

> Aquarelle. — H. 45 c. L. 69 c.

11 — Paysage (Marine).

> Aquarelle. — H. 45 c. L. 69 c.

12 — Paysage (Marine).

> Aquarelle. — H. 45 c. L. 69 c.

GRANDVILLE (J.-J.)

13 — Les Rendez-vous bourgeois.

Aquarelle. — H. 22 c. L. 29 c.

HEURTELOUP

14 — Vue de Hollande.

Aquarelle. — H. 25 c. L. 45 c.

LAMPI (G.)

15 — Marchande milanaise.

Aquarelle. — H. 23 c. L. 20 c.

MONNIER (Henry)

16 — Le Roman chez la portière.

Aquarelle. — H. 23 c. L. 30 c.

PALIZZI (Joseph)

17 — Environs de Naples. Paysage avec barque et
Pêcheurs.

Aquarelle. — H. 38 c. L. 52 c.

18 — Paysage. Enfant, Poules et Oies.

Aquarelle. — H. 32 c. L. 50 c

19 — Roses et Jardinière en Delft.

Aquarelle. — H. 40 c. L. 33 c.

PILS (Isidore)

20 — L'Exercice du canon à Vincennes.

Aquarelle très-importante. — H. 50 c. L. 92 c.

ROSSUM (G. Van)

21 — Paysage.

Encre de Chine. — H. 30 c. L. 47 c.

TISSOT (James)

22 — Costume breton, figure de jeune homme.

Aquarelle. — H. 27 c. L. 11 c. 1/2.

TABLEAUX

—

DURAND-BRAGER

23 — Marine.

Bois. — H. 23 c. L. 40 c.

24 — Marine.

Bois. — H. 28 c. L. 50 c.

ÉCOLE FRANÇAISE

25 — Les Oiseleurs.

Toile. — H. 45 c. L. 84 c.

26 — La Bergère endormie.

Toile. — H. 21 c. L. 27 c.

FICHEL

27 — Les Bibliophiles.

Bois. — H. 22 c. L. 16 c.

MOLINS (De)

28 — Sous-Bois, chiens sur la piste.

Toile. — H. 72 c. L. 45 c.

PALIZZI (Joseph)

29 — Berger et Chèvres.

Toile. — H. 00 c. L. 00 c.

PILS (Isidore)

30 — Tête d'artilleur.

Toile sur panneau. — H. 24 c. L. 19 c.

THÉVENIN

31 — Les Enfants de Charles Ier, d'après Van Dyck.

Toile. — H. 30 c. L. 33 c.

TISSOT (James)

32 — L'Attente.

Bois. — H. 41 c. L. 27 c.

VIBERT (Jean-Georges)

32 — Laquais couché sur un divan, allumant sa pipe.

Bois. — H. 17 c. L. 25 c.

MOREAU (D'après J.-M.)

33 *bis* — Deux Gravures. Les dernières paroles de
J.-J. Rousseau, par Guttenberg; et Arrivée de
J.-J. Rousseau aux Champs-Elysées, par Macret.

———

BIJOUX

34 — Collier à quatre rangs, composé de trois cents
cinquante-huit perles fines, fermoir orné d'une
émeraude et de quarante-six brillants.

35 — Paire de Boutons d'oreilles, composés chacun
d'une émeraude à double entourage de qua-
rante et un brillants.

36 — Paire de Boutons d'oreilles, composés chacun
de vingt-deux brillants, modèle Pavé.

37 — Demi Parure composée d'une Broche et deux
Pendants d'oreilles, en forme d'étoile sur-
montée d'un croissant en roses.

38 — Demi-Parure composée d'un Pendant de cou et
deux Pendants d'oreilles en forme de guêpes
en rubis, perles fines, brillants et roses.

39 — Paire de Pendants d'oreilles en brillants, roses et perles fines.

40 — Demi-Parure, composée d'une Croix et de deux Pendants d'oreilles, en or émaillé bleu, perles roses.

41 — Bracelet composé de trois cercles en or, enrichi de trois perles fines, de six brillants et de roses.

42 — Bracelet en or orné d'un camée sur turquoise et de roses.

43 — Bracelet en or, orné de petites perles fines.

44 — Chaîne de col en or, corail et perles fines.

45 — Petite Montre en or, le fond orné d'une peinture sur émail (tête de femme), entourage en petites perles.

46 — Montre du temps de Louis XVI en or, le fond orné d'une Peinture sur émail (Portrait de jeune homme), encadrement et entourage en Jargon.

47 — Croix en turquoises et petites perles, monture en argent doré, émaillé.

48 — Médaillon en or, onyx et perles, avec étoile en roses.

49 — Paire de Boutons de manchettes et trois Boutons de chemise en or, onyx et roses.

50 — Parure à têtes de bélier, en or ciselé, composée
  d'un Bracelet, un Pendant de cou et une paire
  de Pendants d'oreilles.

51 — Plaque de ceinture en or, avec chiffre MT en
  argent en relief.

52 — Grand Collier en perles d'or avec croix en or.

53 — Bracelet de bras en or.

54 — Peigne en écaille avec cercle en or.

55 — Pendant de cou normand en or repercé et stras.

56 — Quelques autres Bijoux, Boucles d'oreilles, Boutons de manchettes et autres.

———

ÉVENTAILS

57 — Eventail en nacre gravée, feuille décorée de trois
  sujets à la gouache. (Scène d'intérieur, la
  Vendange et Danse champêtre) et de deux
  camaïeux (Scènes galantes).

58 — Eventail en ivoire du temps de Louis XVI, feuille
  ornée de peintures sur étoffe.

59 — Eventail en nacre, feuille décorée d'une aquarelle par Octave Saunier (jeunes Femmes se
  livrant au plaisir de la pêche).

60 — Eventail en nacre, avec feuille décorée d'une peinture par Ricois. (La Récréation au château).

61 — Eventail en ivoire avec feuille peinte à la gouache par J. Palizzi. (Fête napolitaine).

62 — Eventail en nacre avec feuille peinte à l'aquarelle d'après Carle Van Loo (Le Rendez-vous de
chasse).

63 — Eventail en nacre avec feuille décorée d'une
gouache. (la Pêche).

64 — Eventail en nacre gravée, avec feuille rehaussée
de couleurs.

65 — Eventail en nacre ornée de deux chiffres A T
en rubis et roses, feuille en application de
Bruxelles.

MINIATURES

66 — Miniature attribuée à Petitot·(Portrait du duc du
Maine). Cadre en argent repercé.

67 — Miniature à l'huile (Portrait de Molière). Cadre
en argent doré.

68 — Miniature. (Portrait de Marie Stuart). Cadre bois
noir.

69 — Miniature du temps de Louis XV (Portrait de
femme avec les attributs de la musique.) Cadre
en cuivre.

— 13 —

70 — Miniature à l'huile. Portrait de femme, époque
de Henri III. Cadre en argent repercé.

71 — Miniature du temps de Louis XVI (Portrait de
jeune femme). Cadre en cuivre.

———

FAIENCES ET PORCELAINES

72 — Grand et beau Plat rond en faïence de Rouen;
décor en bleu sur blanc.

73 — Belle Potiche en vieux Chine, riche décor à lam-
brequins et fleurs en bleu sur blanc.

74 — Deux Potiches avec couvercles en vieux Chine,
famille verte; décor à personnages.

75 — Vase de Delft; décor en bleu avec inscription
Van Speyk et médaillon (Scène maritime) en
polychrome.

76 — Garniture de cinq pièces en Delft; décor à figures,
paysages et rocailles en bleu sur blanc.

77 — Pichet de Rouen; décor polychrome.

78 — Garniture de cinq pièces en Delft: décor à scènes
pastorales en bleu sur blanc.

79 — Buste de femme, formant gourde, en faïence
d'Arras; décor polychrome.

80 — Deux Cornets en Delft; décor à jardinières de
fleurs et rocailles en polychrome.

81 — Jolie Soupière avec couvercle et plateau; décor à
fleurs.

82 — Grand Cornet en vieux Chine, famille verte;
décor à figures.

83 — Potiche en Delft, à pans; décor de fleurs et
oiseaux en bleu sur blanc.

84 — Grande Plaque en Delft; décor en bleu sur blanc.

85 — Cache-Pot en Delft; décor en brun sur blanc.

86 — Bouteille à pans, en Delft; décor d'oiseaux et
fleurs en bleu sur blanc.

87 — Tirelire en Delft, décorée de médaillons à figures
de Chinois et scènes maritimes en bleu sur
blanc.

88 — Deux paires de Lampes en Delft, décor bleu,
montées en bronze.

89 — Deux Potiches, cotelées et à pans, en Delft; décor
de scènes pastorales en bleu.

90 — Deux Bouteilles en Delft; décor à fleurs en bleu
sur blanc.

91 — Deux autres Bouteilles, moins grandes.

92 — Potiche en Delft, forme à pans.

93 — Deux Potiches avec couvercles en vieux Chine ; décor bleu sur blanc.

94 — Deux Gargoulettes en vieux Chine ; décor en bleu sur blanc.

95 — Deux Lampes de la Chine craquelée : décor polychrome, montures en bronze.

96 — Paire de Vases en Chine, fond craquelé, frises et anses bronzées.

97 — Belle Soupière avec plateau à coquilles en porcelaine de Saxe, décorés de bosquets et d'oiseaux, forme d'ensemble analogue à celle dite *feuille de chou de Sèvres*.

98 — Deux Bouteilles et un Vase à couvercle en gris craquelé de la Chine.

99 — Grand Plat du Japon ; riche décor en polychrome rehaussé d'or.

100 — Suite nombreuse de Plats et de Compotiers en anciennes faïences de Delft, de Rouen et de Moustiers (Sera divisé).

101 — Pièces de forme en faïences anciennes (Sera divisé).

102 — Deux Figurines (*Baigneuses*) en biscuit.

103 — Salière à trois compartiments de Rouen; décor
à fleurs en polychrome.

104 — Joli Service à thé et café en porcelaine de Saxe;
décor à fleurs en violet et or.

105 — Groupe de quatre Musiciens en porcelaine de
Saxe.

106 — Deux petites Chimères en ancien blanc de la
Chine.

107 — Suite de Tasses et Soucoupes; décors variés de
Saxe et autres fabriques allemandes.

OBJETS D'ART ET DE CURIOSITÉ

108 — Buste de Bacchante en terre cuite, de Carrier-
Belleuse.

109 — Torse de femme en marbre blanc.

110 — Statuette de Baigneuse en terre cuite.

111 — Cristaux de Bohême.

112 — Lustre en verre de Venise.

113 — Gobelet en ivoire, décoré de sujets en bas-relief.

114 — Miroir avec cadre en porcelaine d'Allemagne.

115 — Verres de Venise.

116 — Gril et sa Fourchette en fer forgé.

117 — Jardinières, Cage, Bassinoire, Fontaine avec Bassin et autres Objets en cuivre repoussé.

118 — Deux Appliques à trois lumières en fer forgé.

119 — Deux Lustres hollandais à douze lumières en bronze.

120 — Flambeaux, Mortier et Pilon, et autres Objets en bronze.

121 — Deux paires de Ciseaux en acier damasquiné d'or.

MOBILIER

122 — Verres et Coupes en cristal.

123 — Bronzes : Garniture de cheminée en bronze émaillé, composée de : une Pendule et deux Candélabres.

124 — Pendules en bronze et porcelaines.

125 — Piano en palissandre de Pleyel.

126 — Meubles anciens et de style en bois sculpté, tels que : Bahuts à quatre vantaux, petite Armoire d'applique, Table à manger, Table-Bureau, etc.

127 — Fauteuils et Chaises portugais en cuir gaufré.

128 — Meubles hollandais en marqueterie de bois, tels que : Commode, Bureau, etc.

129 — Meubles à hauteur d'appui, Table de salon et Table de jeu en bois noir orné de bronzes.

130 - - Meubles en bois rose et autres.

131 — Lit garni en soie jaune.

132 -- Siéges couverts en étoffe, genre cachemire, cretonne, drap, velours, etc.

133 - - Rideaux en soie jaune, drap, étoffes orientales, etc.

134 -- Tapis d'Aubusson, d'Orient et en moquette.

135 — Literie.

136 — Objets divers.

Ves RENOU, MAULDE et COCK imprs de la Compagnie des Commissaires-Priseurs, de Rivoli 144.   16724